I0680118

V

AEOLUS

LA

QUARANTE-SEPTIÈME

PROPOSITION

Du Premier Livre des

ÉLÉMENTS D'EUCLIDE

Dédié aux Étudiants

SAINT-JULIEN

TYPOGRAPHIE F. CASSAGNES

1870

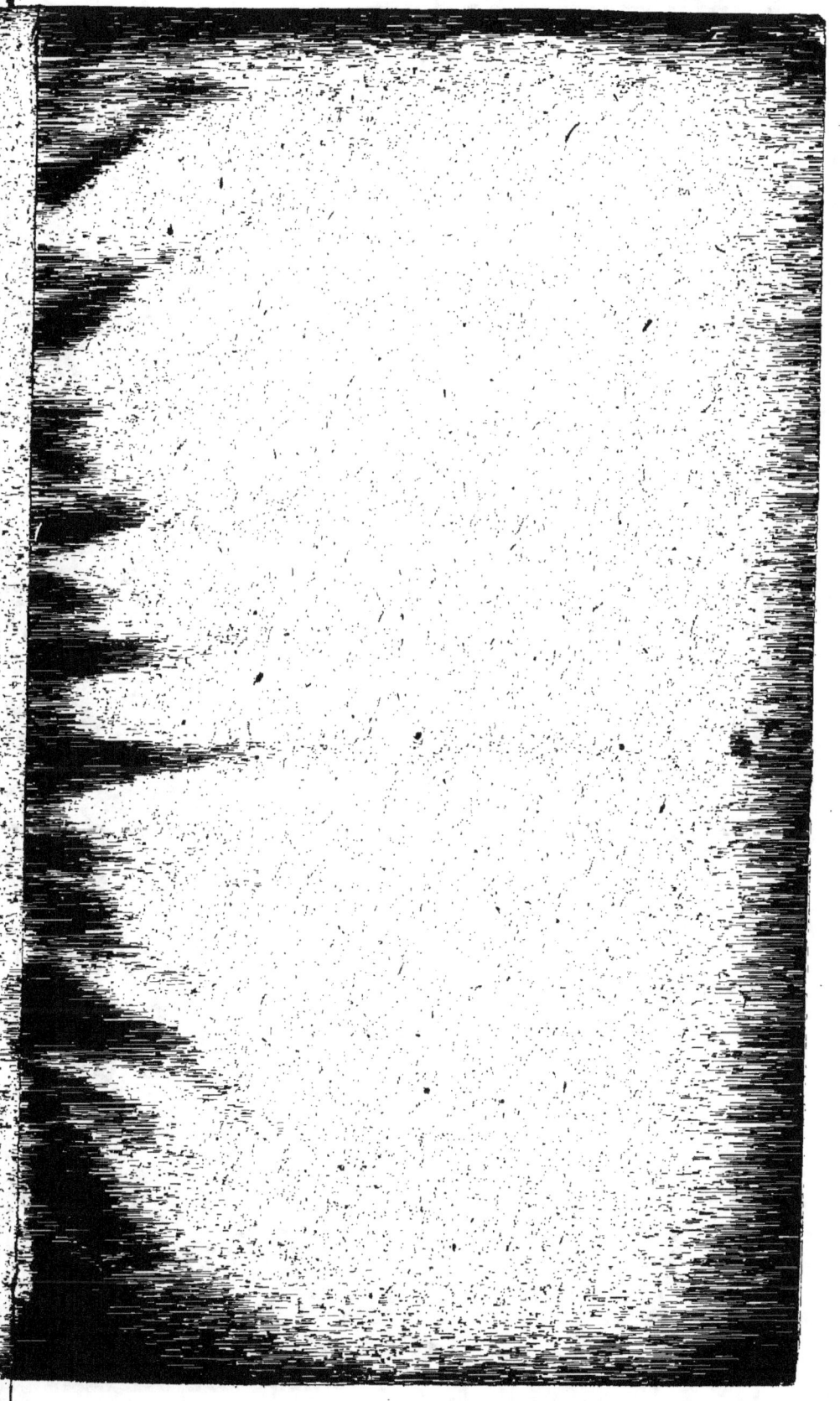

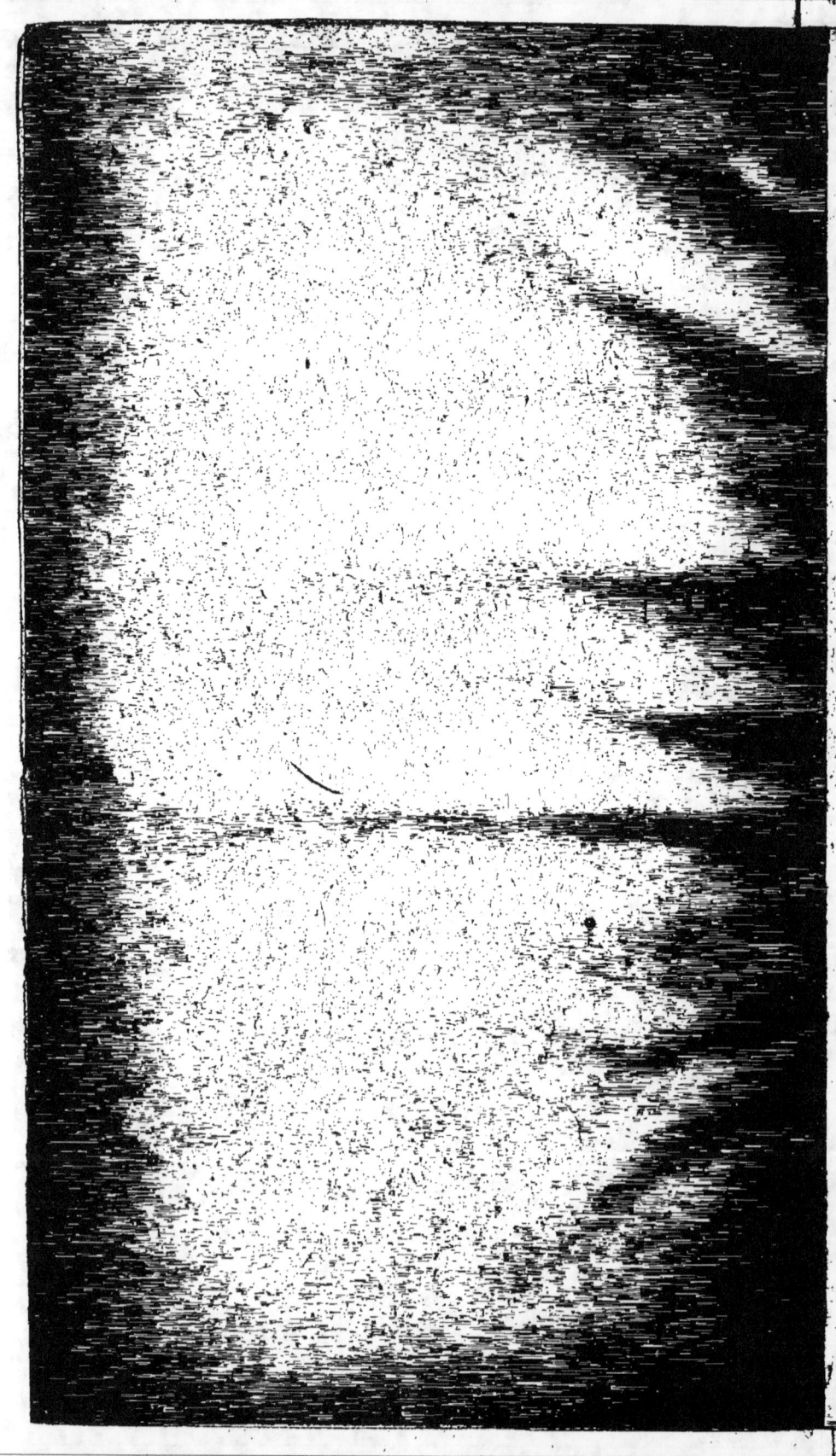

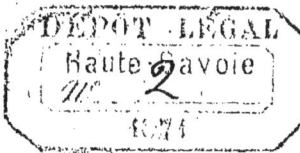

AEOLUS

LA

QUARANTE-SEPTIÈME

PROPOSITION

Du Premier Livre des

ÉLÉMENTS D'EUCLIDE

Dédié aux Étudiants

SAINT-JULIEN

TYPOGRAPHIE F. CASSAGNES

1870

AEOLUS

QUARANTE-SEPTIÈME

PROPOSITION

DU PREMIER LIVRE DES

ÉLÉMENTS D'EUCLIDE

CHAPITRE PREMIER

Il y avait une fois un pays absolument plat, comme le fond d'un lac qui dépose partout son limon et recouvre les inégalités dures et pointues, s'il y en a. Bien des lacs n'ont pas le fond ainsi aplani; leurs rochers sont si gros que le limon, même avec les siècles, ne les recouvre

pas; mais le pays en question laissant
écouler ses eaux et restant sec pour six
mois de l'année, on pouvait s'assurer qu'il
n'y avait pas de ces inégalités de niveau.
Cette uniformité de surface se combinant
avec celle de la capacité productive, —
car l'humus déposé était de même qualité
partout, — fit que les propriétaires, si
jamais il y en a eu, convinrent sans difficulté en une sorte de communisme. Cela
n'entend pas une égalité dans les quantités
des possessions ou des jouissances; il pouvait y avoir le gros riche et le petit,
comme autre part; il entend un communisme de gouvernement et d'exploitation
agricole. Pourquoi non? Nous voyons ce
communisme dans les dépenses et les
recettes de paroisse, d'édilité, d'intérêts
publics, généralement; pourquoi la production alimentaire ne peut-elle pas être

un intérêt public? Dans les alternations de
récolte, ce qui est le mieux pour un,
est le mieux pour tous, et, si quelqu'un
veut être publiciste, auteur ou réformateur,
on l'écoute, mais, en attendant: on ne
lui permet pas de faire désunion ou dés-
ordre; ce serait une importunité; pour
ne pas dire qu'il pourrait, dans ces essais, faire du mal directement; — ré-
pandre par les champs des semences de
mauvaises herbes, la contagion dans les
bêtes, et les mauvais exemples pour les
peuples.

Nous avons dit les propriétaires, *si ja-*
mais il y en a eu; car un peuple peut
ne pas en avoir; les Helvétiens n'en
avaient pas; au moins, ils ne permirent
à chacun qu'une année de jouissance de

sa terre ; une si petite durée n'était pas
une propriété ; c'était plutôt un mandat
pour semer et récolter, pour vivre et
pour faire vivre. Le peuple le voulait
ainsi, et, dans le pays plat dont nous faisons le tableau, ce fut bien le peuple,
quoique, réuni, il constituait un pouvoir
despotique. Ainsi ce pouvoir vient à exis-
ter ; des racines se réunissent et forment
un tronc, lequel se ramifie, se distribue,
s'impose ; un tronc qui n'est pas origéné
dans des racines populaires ne résistera
pas aux ouragans.

Dans ce pays plat, ce fond de lac,
personne ne pouvait semer ou récolter à
ses caprices ; il n'était pas le maître ; il
n'était pas même un tenancier ; mais il
pouvait être riche ; même parmi les Helvétiens, il ne paraît pas que l'inégalité fût

défendue; le communisme n'arrivait pas à
cet excès-là. Un homme puissant eut sans
doute le beau morceau de terre, lequel,
au bout de l'année, il échangea contre
un autre beau morceau, tandis que les
gens simples eurent les petits lots. Un
peuple guerrier ne peut qu'avoir des dis-
tinctions de chefs, de subordonnés, de
soldats; notre nation, Fond-de-Lac, si
elle n'avait pas le même but guerrier,
arriva cependant au même résultat; elle
ne visait pas à l'attitude dégagée, à la
marche militaire, migratoire et envahis-
sante; elle n'entendait que résigner à
l'autorité son économie agricole, comme,
autre part, on y laisse l'organisation des
armées, de la police, des impôts, de
tout ce qui est commun : c'est une curieuse observation que le plus complet des
communismes, c'est le despotisme.

Non! le grand mal, l'égalité pernicieuse, n'y entrait pas ; le Fond-de-Lac était comme une page du grand-livre de la dette publique de l'État : vous aurez vos francs et vos sous ; que vous importe que votre nom soit inscrit sous la lettre *B* ou la lettre *C* ou sous tel ou tel autre numéro d'ordre? Un certain carré de terrain vous est assigné nominativement, et, pour au moins une raison, cela vaut mieux qu'une page du grand-livre qui pourrait être brûlé ; ce carré vous donne l'apparence d'être un vrai propriétaire de terrain, mais il n'est qu'un titre, comme si c'était une inscription ; il est vrai que votre carré verse du grain dans les greniers publics, mais vous n'avez rien à y voir ; l'exploitation se fait par le corps de directeurs. Vous pouvez vous faire admettre, vous-même, dans ce corps, comme dans une industrie quelconque ; vous pouvez vous offrir pour labourer, mais vous ne serez pas, pour cela, tenancier ou pro-priétaire — même de ce carré de ter-rain qui porte votre nom.

Il n'y a donc pas fallu un législateur, un Lycurgue, pour prohiber la propriété ; le peuple y avait été amené par une conscience de son intérêt commun, pres-que sans discussion ; il n'y a pas eu la nécessité d'une translocation annuelle, comme chez les Helvétiens ; l'individu alloté ou localisé sur la page du grand-livre ou sur le panneau de territoire, pouvait y rester alloté pour des années. Seulement il se laissait déplacer dans le cas d'héri-tage à annexer et par la nécessité de réu-nir ses petits lots en un gros ; ce qu'il

faisait aussi volontiers que lorsqu'il con-
vertit des écus en gros billets de banque
ou lorsqu'il faisait passer son inscription
de rente d'une page à une autre du
grand-livre.

CHAPITRE II

Tout ce pays, Fond-de-Lac, avait été divisé en carrés, tirés bien au cordon : la figure carrée était la seule admissible ; car, supposons des oblongues, avec lignes droites et angles droits ; la confusion s'y introduira ; elles ne s'encadreront pas ; elles laisseront au rebut leurs petites extrémités ; si nous ne comman-

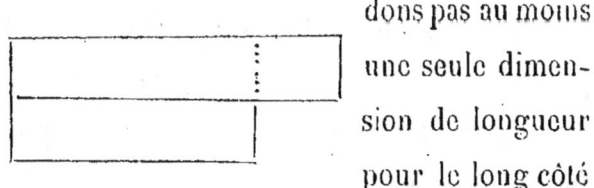

dons pas au moins une seule dimension de longueur pour le long côté de toutes les oblongues. Avec cette condition on peut fractionner indéfiniment ; il n'y aura ni échancrure ni rebut ; mais il y aura l'in-

convénient que les petites portions seront
longues et étroites; cela ne nuirait pas peut-
être à la cultivation, puisqu'en soumettant au
même labourage plusieurs de ces étroites
prises ensemble, le mal serait comme pour
des propriétés *en indivis,* les lignes limitantes
exigeraient une surveillance vexatoire. Enfin
au carré il faut en venir. Toutefois il ne suf-
firait pas d'une seule grandeur de carré, car
on ne peut la partager qu'en quarts et en
quarts de quarts ni la réunir en moins que
quatre à la fois ou en quatre fois quatre; au-
trement les figures résultantes ne seront plus
carrées. On pourvoit à la difficulté en parque-
tant les autres provinces du pays en carrés
aussi, mais diversement grands. Nous appelons provinces des espaces considérables, chacune exploitée par une sorte de maison de
commerce, un foyer de comptabilité comme
sont ceux qui gouvernent nos entreprises mo-

dernes, nos chemins de fer et autres. Ce sera
curieux si ces entreprises coopératives sont
moins modernes qu'on ne pense, et si leur
indigénat se retrouve comme une momie dé-
terrée, témoignant que l'homme d'il y a
quatre mille ans fut tel en tous points que
l'homme d'aujourd'hui.

Eh bien ! lors du partage des successions
et de la ré-consolidation de portions parta-
gées, on renvoyait le nouveau bénéficié à
une autre province, comme si c'était à une
autre page et numéro du grand-livre ; qu'est-
ce que cela lui faisait ? Et dans une douzaine
de grandeurs il ne manquera pas de se trouver la mesure ; mais c'était toujours et partout
le carré ; si donc un individu, décédant,
laissa trois fils à faire partage égal de son gros
carré, il ne leur fut pas permis d'introduire la

figure oblongue et la confusion. Ils pouvaient rester unis en *personne morale* et jouir par indivis, mais c'était un expédient provisoire et incommode ; il fallait en venir au partage et cela nécessitait une translocation ; il fallait vendre ou troquer le gros carré contre trois petits, égaux entre eux. Comment trouver cette égalité ? Par le moyen de quantités discrètes que nous appellerons *unités ;* comptées en superposant à la grande surface une petite, et en faisant marcher celle-ci successivement sur toute l'étendue ? Ou bien tâcherons-nous d'inventer une géométrie plus artificieuse que nous appellerons *linéaire ?*

En faveur de cette dernière méthode, on alléguera l'exactitude, laquelle, dans l'autre, ne sera jamais parfaite. On peut donner à un

angle une ouverture infiniment variée, pour
l'ajuster à un besoin quelconque ; si une ne
nous convient pas, nous pouvons procéder à
une autre dont la différence d'avec la première
ne sera que microscopique, et les lignes
droites qui construiront cet angle peuvent être
tirées avec une si fine pointe que leur épaisseur, tout juste visible, ne sera pas appré-
ciable.

Or la petite quantité discrète, le panneau
que nous voulons appliquer encore et encore,
ne saurait mesurer toutes les grandeurs. Con-
sidérons un gros carré et trouvons, par essai,
un panneau qui le toisera exactement ; le
même panneau toisera le quart du carré, mais
non le tiers. Pour une partition en trois, il
faudra toiser avec le panneau, puis avec le
mi-panneau, puis avec le quart, et de suite,

jusqu'à épuiser, aussi près que possible, toute
la surface résiduelle. Il restera toujours une
petite quantité qui nous échappera ; mais nous
sentirons qu'une différence très-petite, com-
pensable aussi par des moyens indirects, ne
doit pas nous inquiéter. C'est une nécessité ;
nous avons diversifié la grandeur des petits
carrés, pour pouvoir trouver un équivalent à
un oblongue quelconque, mais la diversifica-
tion doit avoir ses limites. Et les gros carrés
aussi, — non-seulement chacun d'eux se cou-
pera avec toute sorte a'inégalité, mais nous
ne nous bornons pas à une seule grandeur de
gros carré ; entre les riches, il y aura toujours
diversité de fortunes, et si nous avons ac-
cordé des provinces pour les divers petits, il
faut en accorder pour les divers gros ; ce qui
réndra de plus en plus difficile l'ajustement
exact. Or la géométrie artificieuse ne remé-
diera pas à cet état de choses : on peut donner

à un angle une ouverture infiniment variée, par laquelle on pourra faire un carré *parfaitement* égal à un oblongue quelconque ; cela nous fera désirer de trouver des carrés de toute dimension et avoir toujours des égalités parfaites ; mais, dans la vie réelle, cela ne peut pas s'avoir. Et si de la partition des terres nous passons à celle d'autres matières, au découpage des toiles de lin ou au sectionnement de solides, ou à celui des espaces vuides dites capacités, nous aurons toujours à supporter une certaine inexactitude. Pourquoi donc cette prétentieuse invention, la Géométrie linéaire ?

Les appétits sont les sources de la science ; chacun veut vivre, chacun aime mieux l'abondance que la simple suffisance, le beaucoup que le peu ; mais encore il est de notre

nature de ne pas nous arrêter là ; nous aimons
l'abondance superlative, le beaucoup-beau-
coup. L'avidité conduit au souci, à la passion
de compter le nôtre, à mesurer scientifique-
ment.

Mais ce qui est moins visible est qu'il y a
l'appétit abstrait : la curiosité, une vraie dé-
mangeaison de savoir. Ainsi les araignées
filent pour pouvoir manger ; mais après qu'elles ont mangé et n'y pensent plus, elles filent
et fileront pour tous les siècles.

Il a été d'usage de réserver le titre de
Géométrie à la seule linéaire, comme moins
populaire ou vulgaire ; mais mesurer ne peut
être ni plus ni moins que trouver le *combien*
de quantité ; or, on le trouve aussi par la mé-

thode vulgaire, la superposition d'un petit
panneau-modulus ; et si nous ouvrons les
premières pages de la science dite sévère,
voilà pour elle le même humble départ, la
superposition.

Hasardons un nouveau mot, appelons
peplo-métrie le mesurage de ces toiles de lin
qui s'employaient à l'habillement des femmes ;
jamais on n'y a fait entrer la Géométrie or-
gueilleuse ; on ne peut pas autant dire du me-
sureur de terres ; il ne se refuse pas le moyen
vulgaire, la superposition réitérée, comme s'il
mesurait de la toile.

Les qualifications de science exacte et de
mesurage pur ne peuvent pas être le privilége
exclusif des hautes branches : l'arithmétique

vulgaire est pour l'exactitude et n'a point
d'autre but. Nous désirons le *beaucoup*, mais
dans ce beaucoup il y a toujours la question
combien ; seulement il est vrai que la géométrie linéaire est exacte jusqu'à l'épaisseur d'un
cheveu ; le mesurage arithmétique n'y arrive
qu'à force de fractions, mais cela satisfait à
l'utilité pratique. La linéaire n'est donc, dans
son origine, qu'une curiosité ; plus tard il se
trouvait être un instrument précieux ; mais
dabord ce ne fut qu'un amusement de l'esprit,
une production pastorale comme la science de
la mélodie qui ne pensait pas à l'avarice, et ne
visait pas au profit.

Nous pourrions en venir à notre problème :
Convertir un oblongue en un carré ; mais
nous ne pouvons pas laisser derrière nous
sans réponse une curieuse question. Puisqu'on

a dû faire une diversité de grandeurs, tant pour les gros carrés que pour les petits; et encore — puisque le propriétaire d'un carré ne l'était que nominalement, on pourrait même dire fictivement, pourquoi s'est-on arrêté à cet arrangement? Pourquoi maintenir cette nominalité de propriété? Pourquoi ne pas avancer tout de bon à l'établissement d'un Grand-Livre où serait inscrit le produit de la terre avec un second pour y inscrire les noms et les proportions à livrer?

Il nous frappera immédiatement que, quoiqu'il n'y ait pas de différence, quant à la productivité, entre carré et carré de même grandeur, il y a entre année et année. Si un carré s'estime à dix boisseaux de froment par année, peut-on s'engager à livrer au propriétaire toujours dix? Et si les métaux précieux nivellent

un peu cet inconvénient, le boisseau valant,
année commune, un *sicle*, peut-on payer à
l'ayant-droit dix *sicles* et le laisser acheter de
l'Etat, récolteur et revendeur, selon quelque
prix-courant ? L'Etat ne pourrait jamais prendre la responsabilité du prix ; il ne pourra
que dire : Votre carré a produit cette année
tant de froment, tant de chanvre, tant d'a-
voine ; prenez-les ; consumez-les avec économie ; c'est votre affaire.

Voilà déjà une raison d'impossibilité pour
le système communiste de s'étendre plus loin
qu'à la cultivation. Si tous les fermiers et ou-
vriers ruraux formaient un corps discipliné,
si tous les carrés étaient soumis à une exploitation réglée, toutefois les valeurs ne leur se-
raient pas soumis ; valeur, qualité variable
comme le nuage qui roule dans les airs.

D'impossibilités, une à la fois est bien assez ; une seconde n'y ajoute point de force ; c'est donc gratuitement que nous cherchons plus loin. Ce qui nous frappe, c'est que, — quand même la fertilité fût invariable, quand même le froment ait eu une valeur fixe comme celle d'un métal précieux, toutefois un peuple faisant communisme de cultivation pourrait-il procéder, sans empêchements d'autres raisons, au communisme d'autres produits, et tirer du Trésor ses sacs de froment, comme si c'était des écus ?

· D'abord ils ne possédaient pas les arts et les instruments de comptabilité ; ils possédaient bien des merveilleuses manufactures ; comme les livres de Moïse et d'Homère en font foi ;

mais pour moyen de compter ils n'avaient
qu'une lanière de parchemin roulé sur une
bûche ou un bâton ; ce qui était bien loin de
nos gros registres alphabétisés et paginés. Le
communisme de cultivation n'avait pas besoin
de tant de registres ; on s'en tirait avec l'a-
rithmétique de tête et de mémoire.

Les raisons abondent ; si, pour amener un
consentement à un intérêt commun, il a fallu
un effort de la volonté populaire, aller plus
loin aurait été une nouvelle tâche et moins
faisible en tant qu'elle était moins nécessaire et
moins demandée. Remontons aux premiers
établissements ; une tribu migratoire, chas-
seurs chez eux, en occupant le nouveau pays
si fertile et si labourable, se rendirent à la
raison, se firent cultivateurs. L'intérêt public
réglait tout ce qu'il pouvait régler ; car qui y

résisterait? *Summa ratio quæ sapientibus
pro necessitate est* était leur puissance souveraine; seulement, puisqu'il y a partout des
troubleurs, fallait-il une autorité haut placée
et déterminante pour leur en imposer. Mais
chacun sentait où se bornait cette raison de
nécessité, et l'autorité, sans cet appui-là, aurait pu se trouver faible.

La puissance souveraine semble être comme
une végétation naturelle dans les choses hu-
maines, puisqu'elle se trouve partout; cela
nous invite à une investigation. Nous venons
de voir qu'on en a besoin, mais nous ne
voyons pas si vite que c'est une chose toute
trouvée et qu'elle est une production de notre
nature déjà sans attendre des efforts d'invention; de manière qu'elle a une double origine; d'abord c'est nous qui la construisons

et ne demandons pas mieux qu'un matériel ;
puis, ce matériel existe ; une tête couronnée,
une auréole de gloire, une sommité qui dépasse de loin les hauteurs moindres, fixe nos
regards et concentre notre admiration.

Une fois que le prince est élevé en haut
lieu, le pouvoir lui vient ; à la fois le peuple
le lui apporte, car admirer c'est presque
obéir ; à la fois l'esprit gouvernant lui en fait
attribution pour qu'il fasse son office et qu'il
en impose. Un prince sans pouvoir serait une
fabrique sans base ; lui, de son chef, en assu-
rera. « Si, dit-il, je ne suis qu'un simulacre,
je serai méprisé comme un prétentieux ; et,
en tout cas, si vous voulez de moi, je stipule
que vous accordiez quelque chose à ce petit
idole que j'appelle Moi. » En effet, sans parler
de dispositions sombres, ou malveillantes, ou

égoïstes en excès, que le prince peut avoir,
son Moi est un homme comme un autre et
veut avoir sa considération.

CHAPITRE III

Donné, donc, un rectangle-oblong, trouver son équivalent en forme de rectangle-
carré.

Nous pouvons nous décider à croire que ce
fut bien là le but proposé. Les compilateurs
qui ont pris le nom d'Euclide ont refoulé
l'une sur l'autre plusieurs considérations, con-
trairement aux usages de la géométrie qui ne
fait qu'une chose à la fois. Par exemple, il est
nécessaire en tout premier lieu de faire correspondre un carré à un oblong; une fois
résous ce problème-là on trouve, sans hésiter,
la corresponsion d'un second carré à un second oblong et d'un troisième à un troi-

sième; tant qu'on en voudra. Mais les compilateurs ont commencé par nommer deux
oblongs à la fois; seulement ils ont eu soin
de les choisir de telle grandeur que, mis ensemble, ils forment un gros carré. Ils commencent donc par affirmer que ce carré, que
nous appelons le gros, égale en quantité de
surface la somme des deux moindres carrés
qui ont été construits pour correspondre aux
deux oblongs constituants. Pourquoi coller
ensemble ces deux faits, et pourquoi ces deux
seulement? Ont-ils eu l'intention de mystifier?
Or le narratif que nous venons de donner
offre la raison de ce couplage de deux affir-
mations; et celui-ci, par réaction, rend
croyable notre narratif. Le partage de possessions était le premier motif; l'objet à partager
était le gros carré; toutefois il reste à expli-
quer pourquoi borner le nombre des parta-
geants à deux? C'est qu'ils ont eu un motif

dissimulé ; ils ont eu à insinuer une troisième affirmation, une conséquence qui aurait pu cependant venir plus tard et mieux. Ce fut, que le gros et les deux moindres étant couchés de manière à faire triangle entre eux, l'angle vis-à-vis le gros est toujours angle droit. Vérité tellement utile qu'on peut demander si cette utilité n'a pas été ce qu'elle prétend à être, le but primordial, auquel on a voulu tout sacrifier pour l'avoir immédiatement, de manière que ce ne fut pas une frivolité que de choisir le partage en deux.

Si tout est vrai que notre narratif à supposé, cette vérité n'a été qu'une trouvaille inattendue, une pierre précieuse qu'on aura ramassée dans un désert. Inattendue, mais pas mal assurée ; car, une fois soupçonnée une vérité de cette sorte, on se sert du mesurage manuel, dont les essais réitérés ne laissent plus

de défiance ; ainsi encouragé, on avance gaî-
ment à la recherche de la certitude dans la
géométrie linéaire.

Nous serons plus a même de critiquer les
compilateurs, lorsque nous aurons nous-mê-
mes pris le chemin droit et naturel ; lorsque
nous aurons deviné le procédé artificieux qui
nous donnera un carré égal à notre oblong,
ou, ce qui est la même chose, qui nous
le fera reconnaître lorsqu'il existe. Car pour
l'un et pour l'autre, il faut des tâtonnements,
des essais ; la Géométrie linéaire n'échappe pas
à cette nécessité, pas plus que la Géométrie
du tailleur d'habits. Voulez-vous, — chose si
simple, — égaliser un angle à un angle ?
C'est par une opération manuelle ; c'est en
l'agrandissant ou le diminuant ; et pour con-
naître cette égalité il faut le superposer. C'est
par essai que nous divisons un nombre par un

autre ; c'est par essai que nous trouvons les racines carrées ou cubes.

On pourrait imaginer que pour trouver le rectangle carré que nous désirons, ce sera une sorte de clef de la difficulté, si par le moyen d'un angle-droit nous pouvons toujours nous assurer de l'égalité. Mais cet angle-droit est à faire ; puis il faut glisser son apex sur cette ligne-droite qui sectionne le gros carré, un peu plus haut, un peu plus bas, jusqu'à ce que ses deux bras embrassent l'hypothenuse. Ainsi on n'épargne que peu le travail ; il vaut mieux prendre le chemin direct et s'appliquer d'égaliser le carré à l'oblong.

N'oublions pas, dans notre progrès, que l'exactitude raffinée que nous gagnons par la géométrie linéaire n'est qu'un luxe scientifi-

que ; et que le mesurage par nombres aurait
pu nous contenter. Si un rectangle a dix me-
sures de long par huit de large, le carré, son
égal, aura, pour côté, neuf et *un peu plus ;*
ce peu plus sera incommode, mais dans les af-
faires de la vie il se compense et arrange.

En cherchant un moyen de comparer nos
deux figures, nous voyons, pour qualité commune, ou relation, le parallélisme des côtés
opposés ; — lequel n'entraîne pas la nécessité
d'angles-droits, quoique ceux-ci nécessitent le
parallélisme des côtés. C'est une qualité qui,
comme l'égalité, n'est pas susceptible d'être
plus ou moins.

Toute surface rectiligne peut se réduire en
rectangle, ce qui entend parallélisme. Or,
nous trouvons nos surfaces déjà ainsi faites et

sans besoin de réduction. Fort naturellement ;
car lignes-droites, lignes parallèles, angles-
droits, ce n'est pas artificieux ; il est plus naturel, plus facile de les tracer ainsi qu'en autre
manière ; c'est donc un pas fait et il dirige notre marche.

Nos curieux se sont, donc, mis à étudier
le parallélisme et ses conséquences, pensant
bien qu'il laisserait possibles des transforma-
tions tout en conservant les égalités, et qu'ainsi
nos deux figures pourraient convenir et s'accorder sinon chacune à chacune, au moins
l'équivalent de l'une à l'équivalent de l'autre.

Et ce fut alors *pour la première fois* qu'ils
se sont mis à l'étudier ; car ces sortes d'enquê-
tes ne se faisaient que sous le besoin. Les simples conceptions existaient aussitôt que l'homme

avait des yeux pour voir, mais la contemplation ultérieure ne vint qu'à force d'être pro-
voquée. Ce serait une erreur d'écolier que
d'imaginer que les Éléments d'Euclide furent
composés dans l'ordre où nous les voyons;
plutôt, si nous disions que le premier mot fut
le dernier écrit, nous ne serions pas loin de la
vérité.

C'est lorsque nous avons à craindre les illu-
sions que nous nous efforçons à donner à chaque chose sa définition. Deux personnes mar-
chent en compagnie; elles ne s'approchent pas
ni ne s'éloignent; elles *longent* l'une l'autre.
La toile, en toute antiquité comme aujour-
d'hui, conservait entre bord et bord partout
la même distance; ces bords étaient *parallèles*. Nous savions donc, apparemment assez,
ce que le mot voulait dire; mais bientôt se
présenta à l'imprévu une idée intrusive qu'il a

fallu exclure. Des deux personnes une mar-
chera sur une trace circulaire ; l'autre, pour
pouvoir la *longer*, devra marcher sur une
concentrique, et faire plus de chemin. Ce *plus*
fait que le mot parallèle ne s'y applique pas
bien ; c'est une différence dans l'essence : il
faut donc définir de manière, non-seulement,
à faire entrer ce que nous voulons entendre,
mais à exclure ce que nous ne voulons pas.

Les parallèles sont donc des *droites* placées
dans un même plan, et partout également éloi-
gnées.

Mais il faut bien dire que des lignes non
droites pourront observer les conditions exi-
gées, — et d'autres conditions aussi : pour
cette raison il leur faudra un autre terme et
une autre définition.

Voilà comment l'intrusion possible d'idées collatérales nécessite une formalité plus soignée de mots.

Nous revenons à l'étude de lignes parallèles. En pliant le papier sur lequel est tracé un carré, il est facile d'en faire la bisection ; la qualité matérielle du papier s'oppose au chiffonnement et à l'inexactitude. Nous ramenons le bord d'en bas jusqu'au bord d'en haut ou bien un des coins au coin extrême-opposé. Pour cela faire, il faut soulever une portion de surface et la renverser de manière que la face inférieure devienne supérieure ; mais que cela ne nous épouvante pas ; il est vrai qu'Euclide a dit qu'une ligne est longueur sans largeur, et qu'une surface n'a point d'épaisseur ; mais il est clair que pour être visible une ligne ne peut qu'avoir une très-petite largeur matérielle ; et bientôt l'auteur lui-même nous prescrit (prop^s IV et V du premier livre) de soulever de sa place une ligne ou une surface et de la superposer à une autre ; la liberté qu'il s'est permise à lui nous pouvons nous la permettre à nous.

Il s'entend que le renversement n'a servi que pour trouver la ligne de bisection ; alors nous remettons la pièce comme elle est venue. Prenons maintenant la seconde manière de bisection, celle par la diagonale et glissons, sans la renverser, la moitié de main gauche de manière qu'elle vienne s'appliquer côté vertical au côté vertical de l'autre moitié ; nous aurons une figure ayant une quantité de surface certainement égale à celle de la figure non découpée ; car en effet c'est la quantité identique ; mais elle aura un bord extérieur plus étendu, la diagonale étant plus longue que la verticale. Cela non plus ne doit pas

nous étonner; car rien de plus facile que de
couper une figure en lanières et de rattacher
celles-ci par leurs petits bouts; le bord extérieur peut être ainsi augmenté indéfiniment.

Puis on ne peut que voir que la figure faite
par la translocation d'une des moitiés a toutefois la même plante ou base que la figure originale non découpée; ou voit aussi que, angle droit épaulant angle droit, la ligne-sommité
est une prolongation de la ligne-sommité originale, et est, par conséquent, parallèle à la
plante ou base prolongée aussi.

C'est ainsi qu'on a pu dire que la figure
nouvelle est *entre* les mêmes deux parallèles
que la figure originale; mais on aurait dû spé-
cifier ce qu'on entendait par les deux; ce

doit être les deux qui forment la base et la sommité ; il pourrait y avoir des parallèles à droite et à gauche, et la figure, qu'elle soit parallélogramme ou triangle, pourrait s'étendre de l'une à l'autre de celles-ci et se dire ainsi *entre* deux parallèles sans être égale à une figure semblable, placée entre les mêmes deux ; au contraire cette dernière pourra l'entourer et la contenir. Cette spécification, Euclide ne l'a pas faite (prop^s 35, 37, 1) ; Monsieur Legendre y remédie en stipulant que la figure ayant la même base doit, pour avoir l'égalité, avoir la même *hauteur* ; et tout le monde est d'accord que la hauteur se mesure par une ligne à plomb.

On voit aussi que la nouvelle figure, étant pointue et ayant plus de longueur à mesure qu'elle est plus penchée, doit, pour compenser, avoir moins de largeur : c'est facile à

vérifier ; car la largeur se mesure toujours par
un travers tiré rectangulairement ; ce n'est
que naturel ; voudriez-vous mesurer votre
toile par un travers biaisé ? Ce serait confondre
la largeur avec la longueur.

Or la ligne à plomb, ou rectangulairement tirée est toujours plus courte que l'incli-
née.

Cela nous conduit à soupçonner que la figure se diminuant en une manière et s'agrandissant en une autre, à mesure qu'elle se
penche, gardera sa quantité de surface toujours égale, qu'elle soit penchée peu ou beaucoup, pourvu qu'elle garde la base donnée et
la hauteur donnée, et s'il est ainsi, il va pres-
que sans dire que si, au lieu d'être plantée

sur la base identique, elle le soit sur une base égale, elle ne manquera pas d'être égale au carré original, tout éloignée qu'elle en soit.

Cependant cet aperçu attend à être formellement démontré ; car jusqu'à présent nous n'avons prouvé l'*égalité* que par l'*identité* ; — par la translocation d'une moitié du carré.

C'est donc une entreprise à part, que de convertir en certitude notre aperçu. La bisection et les ciseaux ne suffiront pas ici ; nous pourrions faire pour la figure pointue ce que nous fîmes pour le carré ; — la bisecter et faire translocation de sa moitié ; mais ce serait faire une démonstration pour distance après distance, en laissant sans démonstration les entre-places. Aussi pourrions-nous tâcher d'attraper les entre-places en prenant des car-

rés de diverses dimensions — une diversité
illimitée ; mais ce ne serait pas une démonstration absolue ; il pourrait toujours rester
quelque point que notre modulus-marchant,
notre carré, ou n'atteindrait pas ou dépasse-
rait.

Ce n'est pas non plus, une chose de simpli-
cité ; nous avons ici enfin une occasion où il
faut déployer la vigueur et l'escrime intellec-
tuelles, où il faut des tentatives nombreuses et
vaines dans l'espoir d'en faire une qui ne sera
pas vaine et qui percera jusqu'au point vulné-
rable. Il faudra apporter et emporter, déplacer
et substituer ; l'affaire devant nous n'est pas
des plus difficiles ; elle est justement celle qui
convient pour une étude.

Il faut réunir deux visées ; conserver l'égalité

de surface et ne pas conserver la similitude de forme ; de plus il faut réduire la forme à une similitude donnée.

Cherchons donc — après avoir penché la figure tellement, qu'elle ne pourra pas être construite par une simple translocation d'une moitié du carré —

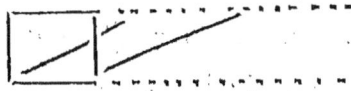

cherchons à pourvoir à la preuve de leur égalité —

— en coupant de l'une et de l'autre une portion similaire et telle que l'égalité de ces portions sera visible et démonstrable par des raisonnements fort ordinaire. C'est Euclide qui nous guide ici et qui nous fait voir deux triangles similaires et égaux ; en les plantant à part nous nous convaincrons.

En commençant avec cette portion similaire nous chercherons à reconstituer chaque figure en ajoutant ou retirant des pièces, de manière à conserver l'égalité de quantité sans conserver la similitude de forme.

Heureusement un de ces triangles encoche l'autre par un petit bout, vers en haut ; nous pouvons retrancher avec les ciseaux ce petit bout ; la soustraction faite sera la même pour les deux quant à la quantité ; mais, quant à la figure, elle enlèvera de l'un, pour ainsi dire, sa pointe de pied, de l'autre son *apex* ou tête : voilà commencée la dissemblance.

Un second petit bout, contigu à la base et partie fragmentaire du carré, n'appartient pas encore à l'un triangle ni à l'autre ; ce sera donc une addition à faire équitablement à chaque ; elle laissera subsister l'égalité de quantité ; mais la dissemblance de forme deviendra plus prononcée ; car, avec cette pièce, le carré sera complété, et, par l'adjonction de la même pièce, l'oblong le sera aussi : voilà obtenues les formes désirées.

Après cette discussion collatérale et avec cette provision de notices sur les lignes parallèles nous restons assurés qu'il est bien possible, ayant un oblong, d'y trouver le carré égal en quantité ; et cela par la voie d'essais et d'ajustement.

L'oblong dont nous faisons toujours question est rectangulaire, et nous voyons que, lorsqu'il se penche, il ne peut plus faire entrer tous les deux ses long-côtés dans l'entr'espace des lignes parallèles ; mais il est bien facile de couper la petite pièce qui fait la pointe vers le haut et de l'attacher au bas.

Ainsi nous refaisons notre oblong rectangulaire, et ainsi un seul des côtés penchés
suffit pour marquer la place et en même temps
l'angle ou le degré de la pente.

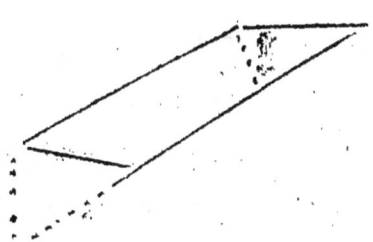

L'ajustement se fait en commençant avec
une pente, telle quelle ; la base ne peut qu'être
en conséquence plus grande que la base du
rectangulaire. Sur cette nouvelle base élevons
un carré ; si la tête de ce carré vient toucher
la parallèle supérieure, c'est le carré désiré et
l'égalité est trouvée. Si elle n'y arrive pas, il
faut augmenter la pente afin d'augmenter la
base ; la hauteur du carré s'augmente au

même temps. Si au contraire elle dépasse, il faut diminuer la pente. ce qui diminuera la base, et la hauteur en conséquence.

Nous avons atteint notre but primitif : nous avons trouvé comment l'héritier d'une portion fractionale, disons une septième, d'un gros carré de territoire peut s'informer, par géométrie linéaire et exacte, lequel de tous les petits carrés offerts correspond le mieux à sa portion.

Le mieux — car pour humilier son orgueil scientifique, le nombre offert à son choix ne peut pas être illimité ; c'est donc un hazard s'il arrive à l'exactitude parfaite. Mais il est clair que les autres héritiers des portions du grand carré, qu'ils soient six ou un seul, suivront la même méthode pour découvrir le, ou les petits carrés qui correspondent à leurs portions. C'est donc ne rien nous dire de nouveau,

c'est presqu'une tautologie si on nous dit que
toutes les portions des copartageants, mises
ensemble, reconstitueront le gros carré et, au
même temps, égaleront en étendue la somme
des petits. Or les compilateurs se servent de
cette vérité si simple et si insipide d'une manière fort équivoque ; ils ont observés une
coïncidence que voici : Le partage étant en
deux, on peut former un triangle avec un
côté de chaque petit carré et un côté du gros ;
ce triangle aura toujours un angle-droit vis-à-
vis du long côté. Or le devoir du géomètre
serait de faire voir par quelle nécessité cette
circonstance se trouve sans jamais manquer,
quelle que soit la proportion des deux tranches.
Ils démontrent bien assurément le fait, car ils
vous offrent de trancher dans toute proportion que vous puissiez vouloir ; et l'absence
de toute restriction ou exclusion implique
l'universalité.

« Nous nous avançons même à vous dire
que vous pouvez accepter cette circonstance,
cette constitution d'un triangle à angle-droit,
pour symptôme sûr de la présence d'un gros
carré équivalent à deux petits ; tandis que si
le triangle n'a pas l'angle droit, les deux
oblongs mis ensemble ne formeront pas un
carré, — ou bien les deux petits carrés ne seront pas des vrais équivalents ; ou, si équivalents, ils ne seront pas des vrais carrés. —
Tout de même, nous répliquons, deux oblongs
peuvent avoir chacun son carré égal et le
triangle pourra se former quoique non à angle-
droit ; la démonstration pour ce cas est la
même que pour l'autre. Démontrer l'un sans
mentionner l'autre n'est-il pas faire de la vérité
un masque ? n'est-il pas mentir par suppression ? La vérité compréhensive est que, lorsque des oblongs ont chacun un carré équivalent, la somme est égale à la somme ; nos com-

pilateurs posent comme un grand fait que lorsque *deux* oblongs peuvent constituer un carré,
cette somme ou *ce* carré égalera la somme des
équivalents. N'est-ce pas insinuer que l'égalité
est particulière à ce cas? Et n'est-ce pas mas-
quer la suppression que de faire remarquer un
simple accident; c'est-à-dire que, dans ce cas,
l'apex du triangle sera un angle-droit?

Or il est vrai qu'il y a là une certaine similitude qui frappe et éveille notre attention;
entre tous les angles possibles l'angle-droit
pourrait se nommer l'angle de l'égalité; et le
gros carré se trouve doué, justement au même
temps, de cette qualité d'égalité, son large
égalant son long; ces deux égalités font soupçonner une liaison, mais on nous a laissé là,
dans le soupçon; on n'a pas eu égard à notre
curiosité légitime.

Ainsi pourvus, nous n'aurons pas laissé des mal-comprises inquiétantes ; nous pouvons procéder à distinguer ce qui est énigmatique ; nous pouvons espérer d'en dévoiler l'illusion.

Plaçons devant nous deux carrés , ayant l'oblong trouvé pour chaque par le procédé ci-dessus donné ;

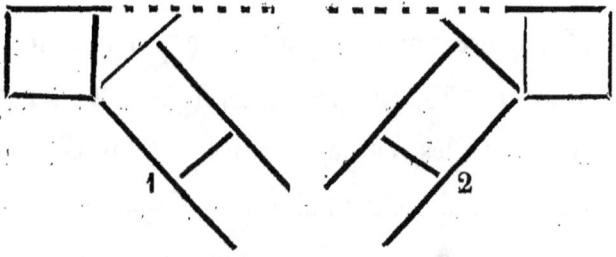

il est bien possible d'amener les deux oblongs, l'un contre l'autre, et les mettre en apposition ; et, puisque leur hauteur ou long-côté est le même, il formeront ensemble un rectangle.

Alors la ligne soustendante dans le système à main gauche et celle dans le système à main droite, couchées maintenant horizontalement, se superposent l'une a l'autre *exactement*, parce que toutes les deux, prises égales à un long-côté, sont égales l'une à l'autre.

Dans ce nouvel arrangement de la figure chaque carré semblera avoir appuyé un de ses côtés contre la ligne mitoyenne qui s'est formée par les deux long-côtés en apposition et prolongés.

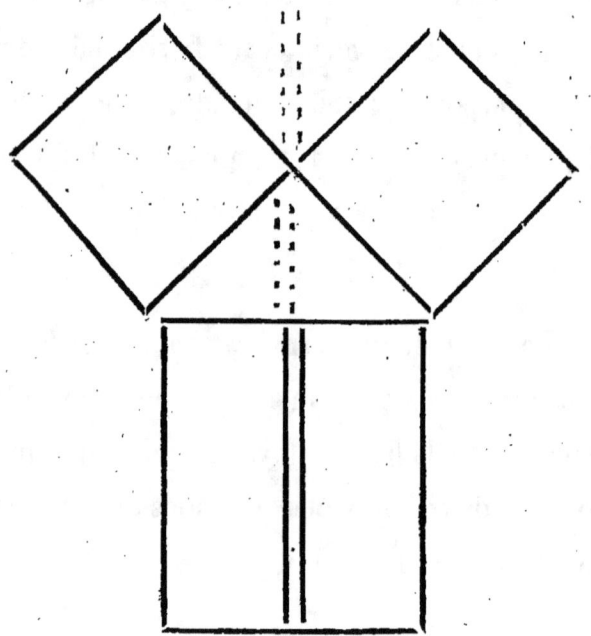

Mais il n'y a pas de raison pour que cès deux côtés appuyés viennent aboutir au même point de cette ligne mitoyenne.

Il est vrai que cela arrivera si nous pre-

nons les deux carrés égaux ; ce qui fera que les
deux oblongs le seront aussi ; même largeur
et même hauteur ; les deux systèmes, le
carré et l'oblong à gauche correspondra parfaitement à l'autre, le carré et l'oblong à droite,
et le point d'appui sur la ligne mitoyenne sera
le même pour les deux. Mais cela nous conduit à la seconde observation ; quand même
les deux côtés appuyés aboutissent ensemble
de manière à faire angle nous ne voyons pas
encore de raison pour que cet angle soit angle-droit.

Cependant il était assez ordinaire de prendre
deux oblongs tels que leurs deux largeurs réunies égalaient la longueur d'un long-côté ; car
tout cet étude géométrique prit naissance dans
la considération d'un gros-carré ; lequel se
partageait parfois en deux, parfois en plusieurs

tranches ; mais le partage en deux pouvait bien obtenir une attention de préférence.

Et lors de ce partage d'un gros-carré en deux il était visible que les deux côtés penchés vinrent aboutir à un même point sur la ligne mitoyenne, et cela sans que les tranches fussent égales ; dans lequel cas la correspondion aurait été naturelle ; mais dans le cas de tranches inégales le fait réclame une raison.

C'était un second fait imprévu — que les deux côtés-de-carrés, en réunissant leurs bouts, faisaient à ce point un angle-droit — et ce fait était bien à distinguer ; car la réunion des bouts ne l'entraîne pas comme une nécessité ; ce n'est que lorsque les deux tranches ou oblongs font ensemble un gros carré que la la chose s'observe.

Il s'entend bien — deux côtés de deux carrés ; car, pris séparément, tout côté de carré, en se prolongeant. fait angle-droit extérieur ; cela n'oblige pas que l'angle formé au *nodus*, où deux carrés font toucher un coin contre un coin, soit angle-droit ; et lorsque cela arrive c'est encore un fait qui réclame une raison.

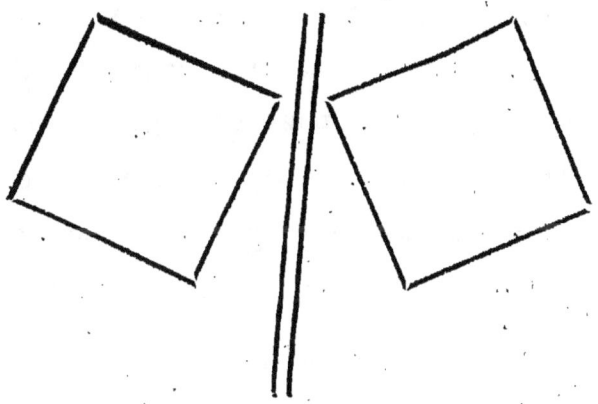

Faisons donc un effort ; séparons les deux systèmes et prenons pour contemplation celui à main gauche (figure 1). La ligne qui sous-tend l'angle-droit marque la place d'un paral-

lélogramme égal au carré et égal aussi à l'o-
blong y appartenant, et cette ligne est donnée en longueur : aussi est-elle donnée en
place ou direction. Or cette ligne égalera la
ligne formée par les deux largeurs si la largeur du second oblong est prise expressément
pour cet effet. Passons maintenant à contem-
pler le système à main droite ; le carré prend
son point de départ à l'extrême coin de son
oblong ; la ligne qui sous-tend l'angle droit est,
comme auparavant, donnée en longueur, étant
égale au long-côté. Aussi est-elle donnée en
place : ainsi ces deux lignes sous-tendantes
pourront s'ajuster l'une à l'autre exactement
en longueur et en place.

Faisons donc cet ajustement en mettant en
apposition les deux oblongs ; un long-côté de
l'un et un long-côté de l'autre formeront alors
une ligne mitoyenne.

Nous abordons le second mystère ; nous avons pris pour donné l'oblong, et nous lui avons trouvé le carré égal ; Euclide, au contraire, prend pour donné le carré et lui trouve l'oblong égal ; nous pouvons le considérer ainsi, quoique deux oblongs aient été mis ensemble pour en former une chose donnée, un gros carré ; car l'oblong particulier qui doit égaler notre petit carré est à trouver dans le gros carré, mais toutefois à trouver. Euclide le fait, lui aussi, par essai et ajustement ; il prend pour fixe en place et donné en longueur un long-côté ; cette longueur égalant les largeurs réunies des deux oblongs ; puis il fait qu'un second long-côté s'approche ou s'éloigne du premier.

Retraçons de nouveau sa démonstration et

gardons bien séparées les deux figures dont il
a ménagé l'égalité.

Il attache au carré un long-côté en l'intro-
duisant entre les paralèlles dudit carré ; et,
puisque dans cette occasion il préfère les triangles, tirons d'un extrême bout à l'autre extrême bout une ligne qui achèvera le triangle ;
celui-ci sera la moitié du carré.

Puis il attache à l'oblong (pris provisoire-
ment ; car, pour être égal au carré, il a besoin
d'être ajusté) un côté du carré, en l'introdui-
sant entre ses parallèles ; achevons le triangle ;
celui-ci sera la moitié de l'oblong.

Si ce dernier triangle est égal au premier,
l'oblong est égal au carré ; mais cet ajustement
est ce qu'il y a à faire ; les deux triangles ont
deux côtés égaux à deux, chacun à chacun ; il

suffit d'avoir l'angle compris égal à l'angle
compris; alors le troisième côté égalise le troisième.

Pour y arriver, Euclide a repris la figure la
première faite, le carré avec un long-côté
attaché; il a placé rectangulairement à ce long-
côté l'oblong éventuel, ayant largeur telle qu'il
enfourche avec ses parallèles le côté du carré.
Cette figure est obligatoire,
car ce n'est que par elle que le côté du carré
puisse être enfourché ou admis entre les parallèles, sans diverger de l'angle donné et sans
manquer à cette condition-là.

Mais cette obligation ne nous empêche pas
de prendre l'oblong plus large ou moins large:
le carré devra se faire, en conséquence, plus
grand ou moins grand; il est vrai que ses pa-

rallèlcs, devenant plus écartées ou moins écar-
1ées, feront diverger le long-côté sous-tendu,
et, au même temps, l'oblong qui y est attaché ;
mais ce déplacement laissera subsister les re-
lations et ne sera qu'un accident sans autre
suite.

Ce qui semblera les justifier ou excuser,
c'est qu'ils ont pris un autre moyen — qu'ils
ont fait une certaine modification au procède
par lequel on trouve le carré équivalent. Ils
commencent par raisonner que celui-ci doit
avoir le côté moins long que le long-côté et
plus long que le court, de l'oblong ; mais
comment mesurer plus de près ? C'est toujours
la théorie des parallèles qui fournit le moyen ;
on s'est rappelé qu'un triangle ayant base égale
et hauteur égale à celles d'un parallélogranne,
en équivaudra la moitié ; rien de plus facile

que d'introduire entre les parallèles du carré
un long-côté et entre les parallèles de l'oblong
un côté du carré, et puis de compléter chaque
triangle par une ligne tirée d'un extrème bout
à l'autre extrème bout ; un de ces triangles
sera la moitié du carré, l'autre la moitié de
l'oblong.

Et ces deux triangles auront deux côtés de
l'un égaux à deux côtés de l'autre, chacun à
chacun ; si seulement l'angle compris se trouve
égal à l'angle compris, les deux triangles
seront égaux, et, par conséquent, leurs dou-
bles, le carré et l'oblong, le seront aussi ; mais
cette égalité des angles compris est la chose à
obtenir,

On y arrive, comme auparavant, par le
moyen manuel, par la superposition et l'ajustement, comme cela s'est pratiqué dans l'entrée

même de la science (Prop^s iv et v du i^{er} des
Eléments). L'oblong, étant donné, nous gou-
verne ; ainsi le triangle qui est la moitié de
cet oblong, restera moitié, quoique le second
côté que nous annexons au long-côté doit su-
bir une altération, se faire plus ou moins long
et, pour pouvoir entrer dans les parallèles, se
pencher plus ou moins.

En effet, le triangle le premier fait sera plus
pincé et plus petit que le second s'il contient
un angle plus ouvert ; il faudra donc agrandir
le carré, ce qui agrandira le triangle double-
ment — par la base et par la hauteur ; au
même temps le second triangle ouvrira son angle un peu plus, parce que le côté doit se pencher un peu plus, pour entrer. A force d'al-
térations les deux triangles s'accorderont et le
carré sera obtenu.

Or dans la démonstration arrangée par les compilateurs la superposition est aussi le moyen, mais on le dirait dissimulé ; on se demande si c'est fortuitement ou par exprès que les deux angles qui doivent, par leur égalité, produire celle des triangles, se trouvent déjà identifiés et faisant un seul angle qu'on dénomme angle commun. Nous croyons deviner la marche de leurs idées ; ce fut que puisque le côté du carré doit être plus long qu'une et plus court qu'une autre ligne, comme déjà dit, nous pouvons le placer dia- gonalement et incliné contre le long-côté ; en glissant sont bout vers en haut et vers en bas nous le ferons plus ou moins long ; par le même acte nous rendrons l'angle critique, dit commun, plus ou moins ouvert.

Mais cette manière de trouver le côté du

carré en le biaisant et glissant, ne peut-on pas soupçonner qu'ils l'ont adopté exprès pour faire passer une surface angulaire au dessus d'une autre et pour éviter de parler directement de superposition ?

L'égalité est démontrée par le moyen des moitiés aussi bien, mais pas mieux qu'elle ne fut dans notre premier travail par le moyen des entiers.

Le carré qui prolonge une paire de ses parallèles pour enfermer ou enfourcher le long-côté ne peut que créer un angle droit extérieur, puisque l'intérieur est un angle droit : voilà trouvée la raison pour que le long-côté sous-tend un angle-droit.

Et remarquons que, si au lieu de vouloir un

carré pour équivalenter notre oblong nous
avions voulu un losange ayant un certain angle, l'angle extérieur de celui-ci n'aurait pu
être que son complément, et le long-côté aurait été l'hypothenuse de ce complément.

Voilà dissipé un des mystères ; il n'y a point
de nécessité inévitable pour la présence d'un
angle-droit pour qu'une équivalence soit trouvée ; seulement angle-droit extérieur amène la
nécessité d'angle-droit intérieur. Mais l'angle-
droit n'est ni la cause ni l'effet de cette équivalence; ce n'est qu'un accident accompagnant;
il y serait quand même l'équivalence n'y serait
pas — quand même le carré serait trop petit
ou trop grand ; s'il est là, c'est parce que nous
l'avons mis là ; nous avons voulu un carré qui
est tout composé d'angles-droits, et qui ne
peut que créer des angles-droits lorsqu'il prolonge ses côtés.

Nous trouvons que chaque carré fait un angle-droit extérieur par son côté appuyé et par
la partie prolongée de son autre côté ; — et
que cet angle-droit est assujetti à deux obliga-
tions ; celle d'avoir son apex sur la ligne mitoyenne, et celle d'enfourcher exactement la
base donnée. Ces deux conditions étant com-
munes auv angles-droits extérieurs de l'un et
de l'autre carré font qu'ils se superposent l'un
à l'autre et s'unifient apparemment. Car si nous
voudrions en placer un plus haut ou plus bas
ils n'enfourcherons pas exactement la base.

- Si, après tout cela, un curieux demande la
réponse prompte et facile : — en voyant
qu'un côté penché touche la ligne mitoyenne
en un point si justement choisi que de ne laisser, entre ce point et l'autre bout de la base,
que cette expansion juste qui sera occupée par
l'autre côté-penché, — par quelle raison? Où

est l'obligation mutuelle, la cause liante entre l'uncôté-penché et l'autre? Réponse : c'est un cas unique; entre mille rectangles possibles (c'est indifférent qu'il soient partagés ou non) il n'y a qu'un seul qui a largeur égale à la hauteur. Ainsi cette obligation mutuelle, si semblante, n'existe pas plus qu'entre deux personnes, indépendantes l'une de l'autre, qui se rencontrent dans la rue. C'est cette largeur spéciale qui fait que le second carré, en se penchant, plante son coin sur un point qui est justement l'autre extrême bout du long-côté-base. Nous imposons à ce second carré deux nécessités — de se pencher contre la ligne mitoyenne — et, depuis le *nodus* qu'il fera là, de porter une prolongation qui atteindra l'autre extrême bout de la base. Cette prolongation ne peut que faire angle-droit extérieur; et nous avons remarqué déjà qu'on ne peu pas ériger deux angles-droits sur li même base et ayant apex sur la même ligne perpendiculaire à la base; car, si deux il y a, ils se superposent et deviennent un.

FIN.

ERRATUM. — Page 63, ligne 9, pour *figure* mettez largeur.

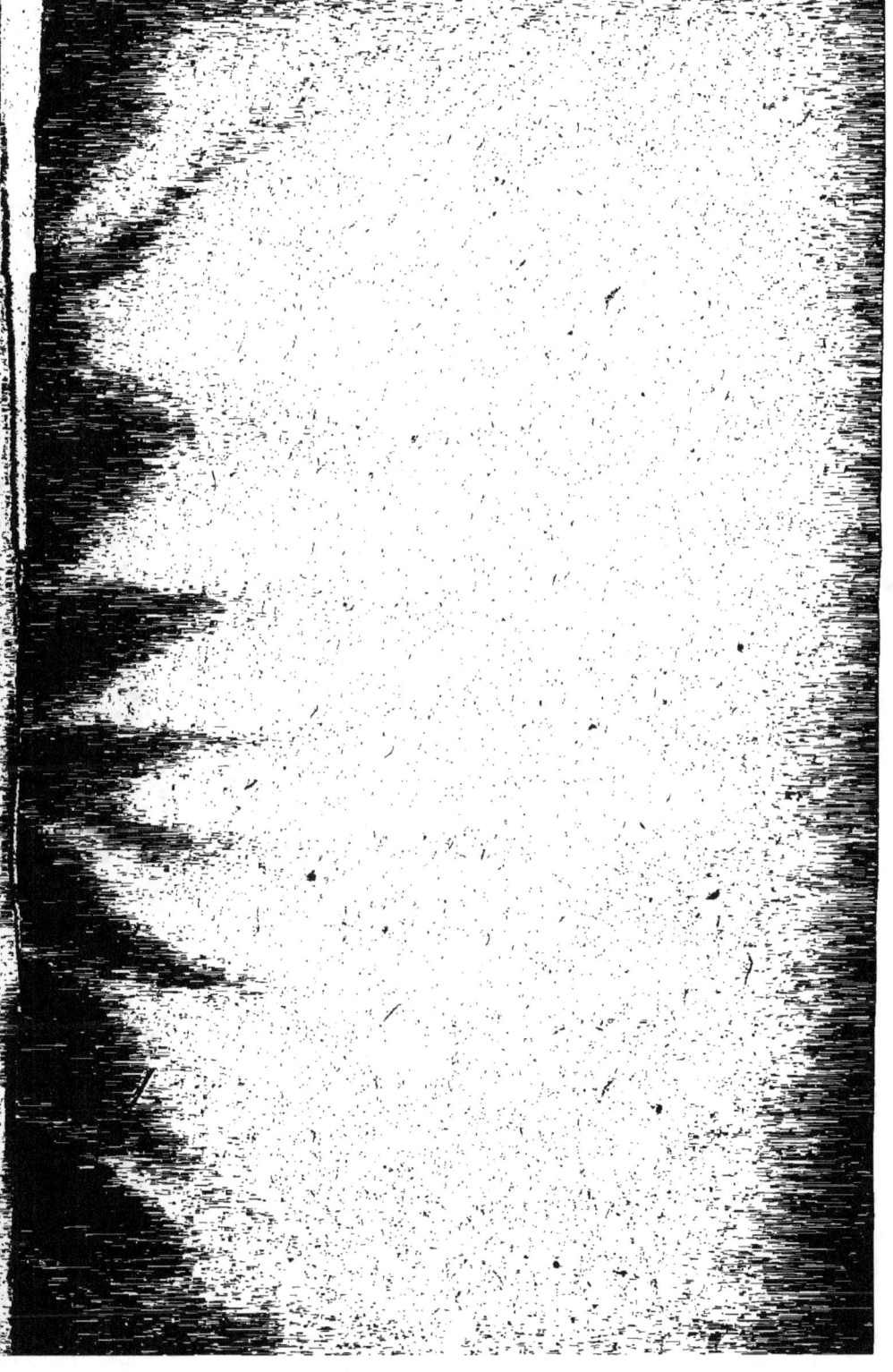

www.ingramcontent.com/pod-product-compliance
Lightning Source LLC
Chambersburg PA
CBHW060455260626
47161CB00005B/2110